Colas Gutman

Chien Pourri
à la ferme

Illustrations de Marc Boutavant

Mouche
l'école des loisirs

Dans leur poubelle, Chien Pourri et Chaplapla jouent à leur nouveau jeu préféré. « Dis-moi ce que tu as reçu sur la tête, je te dirai si tu as mal. » Mais alors qu'un pot d'échappement atterrit sur la tête de Chien Pourri, deux vieilles connaissances toquent à leur couvercle :

— Salut les ordures ! On part à la ferme ce week-end, annonce le basset à petit manteau, on vous ramène un œuf pourri ?

— Notre maman va nous payer des tours de poneys à frange, se vante le caniche à frange, ça vous dit ?

— Non merci, on préfère rester au vert dans notre poubelle, dit Chaplapla.

Mais Chien Pourri est triste, lui aussi rêve de courir après les poules et de patauger dans la gadoue. Il voudrait tant savoir si les poules ont des dents et la vache qui rit des boucles d'oreilles, quand soudain, il entend une petite fille pleurer derrière sa poubelle.

– Encore une qui a perdu sa poupée ! commente Chaplapla.

– Allons la consoler, propose Chien Pourri.

À peine sont-ils sortis de leur poubelle, qu'ils aperçoivent une fillette, à plat ventre sous une poussette.

– Tu cherches ton doudou ? demande Chien Pourri.

— Non, j'ai perdu une roue, répond la petite fille en se relevant.

— Que tu es sale ! dit Chaplapla.

— Tu habites aussi dans une poubelle ? demande Chien Pourri.

— Non, je viens de *La ferme aux Poulets Mille-Pattes*, je me suis perdue dans les bois en cherchant mon cochon d'Inde.

— Pauvre petite fille. Comment t'appelles-tu ? demande Chien Pourri.

— Je suis la Petite Poucette, j'ai été abandonnée dans une poussette quand j'étais petite, explique-t-elle.

— Moi, c'était dans une poubelle, dit Chien Pourri pour la réconforter.

La petite fille tente de réparer sa poussette jusqu'à la tombée de la nuit, mais à bout de forces, elle finit

par s'endormir dedans. Chien Pourri
révise les animaux de la ferme sur
une image de tablette de chocolat.

« Je veux être gardien de poules »,
se dit-il.

Faut pas poussette !

Au petit matin, la Petite Poucette n'arrive toujours pas à pousser sa poussette et se met à pleurer.

— Je ne serai jamais rentrée pour la traite.

— Des poulets ? demande Chien Pourri.

— Non, des vaches.

— Tu connais la vache qui rit ? ! demande Chien Pourri.

— Pas personnellement, répond-elle.

Chien Pourri, lui, ne connaît pas grand-chose, à part les déchets qu'il trouve dans sa poubelle.

— Regarde, Petite Poucette, sur quoi j'ai mis la patte !

— Oh, une roue pour ma poussette. Je suis sauvée !

Mais contrairement à Chien Pourri qui n'a que la moitié d'un cerveau et oublie les trois quarts des choses, la Petite Poucette, elle, se souvient qu'elle a perdu son chemin.

– Le géant vert va me mettre en boîte, si je ne suis pas rentrée au chant du coq, dit la Petite Poucette.

« Le géant vert ? C'est bizarre, ce nom me dit quelque chose, sûrement une nouvelle marque de croquettes », pense Chien Pourri.

Mais la Petite Poucette explique à ses nouveaux amis, que le géant vert est le propriétaire de la ferme et qu'il l'oblige à travailler dès l'aurore.

– Ne t'inquiète pas, dit Chapla-pla, j'ai une idée : as-tu perdu des choses sur ton chemin ?

La Petite Poucette regarde attentivement dans sa poussette :

– Oui, un tee-shirt sans manches et un pantalon sans jambes. Je suis très maladroite, avoue-t-elle.

– Alors, tout n'est pas perdu, se réjouit Chaplapla.

« Je ne comprends pas, elle vient de dire qu'elle avait tout perdu », se dit Chien Pourri.

Mais Chaplapla explique son plan à son ami tout pourri :

– Nous allons suivre les affaires que la Petite Poucette a semées en chemin pour retrouver… son chemin.

« Pourvu qu'elle ait fait tomber un os », espère Chien Pourri.

Mais sur la route, ils ne ramassent

qu'un bout de pain sans mie, une bouteille vide et une ficelle sans bout.

Un, deux, trois, nous irons sous-bois

Chien Pourri qui n'est jamais allé à la campagne se laisse aller aux joies de la nature et se roule dans la gadoue :

— Tu as vu Chaplapla, les réverbères ont des feuilles !

— Ce sont des arbres, Chien Pourri, soupire Chaplapla, consterné.

Mais tout à coup, le brave toutou, effrayé par une grosse bête, plonge dans un buisson.

— Là-bas, un dinosaure, Chapla-pla !

— C'est une vache, rectifie la Petite Poucette.

— N'importe quoi, elle ne rit pas !

— Là où nous allons, elles n'ont pas le temps de rire, dit tristement la petite fille.

« J'espère tout de même que la vache qui rit aura le temps de me dédicacer un autocollant », s'inquiète Chien Pourri.

La Petite Poucette, elle, est intri-guée par un tas de feuilles mortes :

— Hourra, je l'ai retrouvé ! crie-t-elle.

— Ta roue ? questionne Chien Pourri.

– Ton cochon d'Inde ? demande
Chaplapla.

– Non, un papier de bonbon
que j'ai eu pour mon anniversaire…

– Tu as reçu un papier de
bonbon pour ton anniversaire ?!
demande Chien Pourri.

– Oui, de la part des Sam-Suffit,
les voisins de la ferme. Ils n'ont pas
beaucoup d'argent, mais ils sont très
gentils.

Pauvre Petite Poucette, la vie n'a
pas été tendre avec elle. Pour fêter les

retrouvailles avec son papier de bonbon, Chien Pourri propose un jeu :

— Quelqu'un peut me lancer un
bâton ? demande-t-il.

— La ferme ! dit la Petite Poucette.

— Ben, qu'est-ce que j'ai dit ?

— Rien ! La ferme c'est par là, je
reconnais le chemin, dit-elle rassurée.

Au détour d'un sentier, la Petite Poucette passe devant l'humble demeure des Sam-Suffit. « Les salsifis, ça nous suffit », indique une pancarte plantée dans leur jardin.

— Le géant vert veut racheter leur terrain pour le transformer en parking pour sa *Superfermette,* explique-t-elle.

« Il a raison, c'est pratique les parkings pour garer les poubelles », se dit Chien Pourri.

— Mais les Sam-Suffit ne veulent pas. Ils préfèrent regarder pousser leurs salsifis, explique la Petite Poucette.

« Ben dis donc, il s'en passe des choses à la campagne », pense Chien Pourri, qui tombe dans un fossé.

La ferme aux Poulets Mille-Pattes

Devant un portique grillagé, des fermiers en salopette montent la garde. Chien Pourri et Chaplapla attendent qu'on leur ouvre la porte.

— Oh, c'est joli, ça ressemble à une décharge ! s'exclame Chien Pourri.

Mais Chaplapla n'est pas rassuré :

— Comment va-t-on entrer ? demande-t-il.

– Il faut montrer patte blanche, répond la Petite Poucette.

– Les miennes sont très sales, avoue Chien Pourri.

«Je ne serai jamais gardien de poules», pense-t-il alors tristement.

Heureusement, la Petite Poucette a bon cœur et se tourne un instant les pouces avant de déclarer :

– Cachez-vous dans ma poussette, je vous conduirai à l'étable dès que les fermiers auront le dos tourné.

Mais dans la basse-cour, l'odeur de sardine de Chien Pourri intrigue les animaux, ainsi qu'un enfant, aussi sale que la Petite Poucette :

– Salut ma Petite Poucette, que ramènes-tu dans ta poussette ?

    — Salut mon Petit Poulet ! Des ordures, comme d'habitude.

    — C'est ça, un poulet ?! demande Chien Pourri.

    — Non, lui, c'est mon frère, le Petit Poulet. Le géant vert l'a trouvé dans la forêt avec une patte de poulet dans la main, c'est pour ça qu'on l'appelle ainsi.

« Je me demande bien pourquoi je m'appelle Chien Pourri », s'interroge Chien Pourri.

– Courez vite vous mettre les pieds sous l'étable, dit le Petit Poulet. Si le géant vert, vous attrape, il va vouloir vous mettre en boîte !

– Ça fait peur, dit Chaplapla.

– Pourquoi ? Moi, j'aime bien les boîtes ! dit Chien Pourri.

Mais, comme un signe du destin, la poussette de Poucette patine dans la gadoue. Le Petit Poulet a une terrible révélation à faire. Pendant que sa sœur s'était perdue dans la forêt, le géant vert a retrouvé son cochon

d'Inde sous une roue de tracteur et a
décidé de le mettre en boîte !

— La roue peut encore tourner,
dit Chaplapla pour la réconforter.

— Pas dans une boîte de conserve,
dit la Petite Poucette en pleurant.

La Superfermette

Derrière un tracteur rongé par la rouille s'élève un hangar aux vitres cassées. Un écriteau encourage les visiteurs.

Chien Pourri et Chaplapla découvrent les animaux de la ferme :

– Oh ! regarde Chaplapla, la poule a un ravioli sur la tête ! s'étonne Chien Pourri.

– Je suis un coq et c'est une crête, imbécile ! répond l'intéressé.

– Vous ne ressemblez pas du tout à l'image sur les tablettes de chocolat, remarque Chien Pourri.

– Petite Poucette, où as-tu déniché ces deux gugusses ? demande le coq.

– Dans une poubelle, ils m'ont aidée à retrouver mon chemin.

– Où sont les poules ? demande Chien Pourri.

– Ici ! On ne peut plus couver tranquillement !

« Oh, je vais être le gardien de cette poule », s'enthousiasme Chien Pourri.

Mais il est vite refroidi par la gallinacée :

— Si tu me touches, je te mords ! menace-t-elle.

— Chaplapla, je le savais, les poules ont des dents !

— Nous cherchons un cochon d'Inde, dit Chaplapla.

— Et la vache qui rit, ajoute Chien Pourri.

— Allez à la *Superfermette,* on trouve tout là-bas, indique le mouton.

La Petite Poucette et le Petit
Poulet conduisent Chien Pourri
et Chaplapla jusqu'à une grange
transformée en épicerie, gardée par
un vigile. À l'intérieur, les animaux

sont rangés par rayons : la viande avec la viande, le lait avec le lait et les journaux avec les canards.

Devant l'entrée, un fermier imposant renverse un caddie avec son tracteur et grommelle dans sa salopette :

— Ça n'arrivera plus quand j'aurai mon parking !

— Planquez-vous, c'est le géant vert ! dit la Petite Poucette.

— Ben dis donc, il n'a pas l'air dans son assiette, observe Chien Pourri.

— Oui, il ne mange jamais de légumes, c'est pour ça qu'il est tout vert, dit le Petit Poulet.

— Il devrait au moins essayer le maïs, conseille Chaplapla.

Mais le géant vert a d'autres chats à fouetter. Accompagné du caniche à frange, du basset à petit manteau et de leur maman, il pénètre à l'intérieur de la *Superfermette :*

— Tous nos articles sont frais, même nos conserves, vante-t-il.

— Dis maman, je peux avoir un poney à frange ? demande le caniche à frange.

— Et moi, un mouton retourné ! trépigne le basset, près des caisses.

— Les enfants, soyez raisonnables, choisissez quelque chose qui rentre dans une valise.

— Les poussins sont très jaunes cette saison, conseille le géant vert. Sinon, vous avez l'oie avec son jeu pliable qui est en promotion.

Mais comme souvent, les êtres canins convoitent les animaux des autres. La Petite Poucette, qui a vu les pattes de son cochon d'Inde dépasser d'une conserve, ne résiste pas à l'envie

de le serrer dans ses bras et le sort de sa boîte.

– Je le veux ! pointe le caniche à frange.

– Je l'ai vu en premier ! crie le basset.

– Jamais de la vie ! dit la Petite Poucette. C'est mon cochon d'Inde. Et puis d'ailleurs, il n'est à personne.

– Faudrait savoir, s'agace la maman : c'est le vôtre ou il n'est à personne ?

— Il est à lui-même, rétorque la Petite Poucette, pleine de sagesse.

— Ne l'écoutez pas, il est la propriété de la ferme. Il est même en solde avec sa roue en plastique, confirme le géant vert.

Caché sous la poussette de Petite Poucette, Chaplapla commente cette tragédie :

— C'est horrible, le cochon d'Inde va changer de bras !

— Ah bon ? Et de pieds aussi ? s'inquiète Chien Pourri.

Et devant la tristesse de Poucette, Chien Pourri pense à son avenir :

« Je pourrais être gardien de boîtes de conserve », se dit-il.

Mais les courses ne sont pas terminées car les chiens-chiens ne résistent pas à l'envie de faire un tour de poussette.

– Ah ! ces enfants, on ne peut rien leur refuser ! dit leur maman.

Le caniche à frange et le basset à petit manteau courent dans les rayons.

– Faites attention, ma poussette est fragile, crie la Petite Poucette.

– Ça me fait une belle frange ! ricane le caniche à frange.

Chien Pourri et Chaplapla, les malheureux, sont victimes d'un accident de poussette et tombent à la renverse sur des boîtes de salsifis.

– Ça alors, Chien Pourri et Chaplapla ! s'exclame le basset.

– Les serpillières et les dessous-de-plat sont en promotion, monsieur ? s'esclaffe le caniche à frange.

— Madame, vu l'état de la mar-
chandise, je vous les offre, s'incline le
géant vert.

— Non merci, répond la maman.
J'aurais trop peur de salir mon
carrelage.

Pauvre Chien Pourri, on ne veut
jamais de lui. Mais le géant vert a
d'autres idées en rayon :

— Poucette, amène ces détritus
dehors, et prépare les tickets pour la
kermesse !

Le chamboule-toutou

C'est la fête dans la basse-cour : une jument vient d'avoir des jumeaux ! Les fermiers en salopette ont installé des stands dans la gadoue. Le caniche à frange et le basset font la queue devant les poneys roses.

— C'est moi qui les ai repeints, souffle le Petit Poulet.

— En s'inspirant de ma couleur, soupire un cochon.

– Un poulet gratuit pour dix tours de poney achetés ! crie le géant vert.

La Petite Poucette distribue des tickets pour « les moutons-tamponneuses, le tir aux dindons et tape-tape la poule ». Le Petit Poulet vend des sandwichs et des boissons :

– Pas plus d'un verre de lait par personne ! précise la vache.

– Ceux qui voudront un sandwich devront me passer sur le corps ! prévient le cochon.

– Maman, je vais à la pêche aux canards, il paraît qu'on peut gagner des tours de tracteur ! dit le basset à petit manteau.

Le caniche à frange, lui, échange des tours de roue de cochon d'Inde contre des tours de poney !

Mais, le ciel orageux et les mouches qui volent bas annoncent une nouvelle attraction : le chamboule-toutou, avec Chien Pourri en vedette. Le géant vert invite les Sam-Suffit à essayer ce jeu d'adresse.

– Ne jetez sur lui que des produits frais, n'abîmez pas les boîtes de conserve ! crie-t-il.

« Pour être gardien de stand, il me faudrait un beau gilet à bouclettes », rêve Chien Pourri.

– Visez dans le mille et gagnez une magnifique boîte de salsifis ! hurle le géant vert.

Malheureusement, les Sam-Suffit, peu adroits aux tirs, n'obtiennent qu'un modeste lot de consolation, une serpillière et un dessous-de-plat : Chien Pourri et Chaplapla.

– On ne peut pas gagner à tous les coups, rigole le géant vert.

– Nous repasserons les chercher plus tard. On doit planter nos salsifis, disent les Sam-Suffit.

Jean-Loup y es-tu ?

Dans l'étable, la fête est finie et la révolte gronde, les animaux se plaignent de leurs conditions de travail.

— Douze œufs par jour, c'est trop dur ! râle la poule.

— C'est toujours moi qui nettoie les toilettes ! s'indigne le canard.

— Moi, ça me défrise, avoue le mouton.

« Le canard W.-C. n'est pas bleu ?! », hallucine Chien Pourri.

Mais c'est surtout la Petite Poucette et le Petit Poulet qui ont des raisons d'être mécontents.

– Je dois transporter les ordures dans ma poussette toute la journée, dit-elle.

– Et moi, mettre les poulets en batterie, dit le Petit Poulet.

– Ce n'est pas une vie, on va vous aider, affirme Chaplapla.

– Taisez-vous ou le géant vert va tous nous mettre en boîte ! menace le coq.

— Ou pire, nous emmener voir le loup ! tremble le mouton.

Mais Chien Pourri a davantage peur des pigeons sur sa poubelle que des loups dans la forêt :

— Je peux vous mener vers de vertes prairies ! dit-il.

— Plutôt vers de vertes poubelles ! ricane le coq.

— Toi, le Ravioli, boucle-la ! s'énerve Chaplapla.

Pauvre Chien Pourri, personne ne croit en lui.

Mais plutôt que de se tirer dans les ailes, les animaux proposent un vote à pattes levées et, épris de liberté, par vingt-quatre pattes contre deux – celles du coq – ils décident de s'enfuir.

– Vous me le paierez ! claironne le coq.

« Il va nous dénoncer à la pouliche ? » s'inquiète Chien Pourri.

Mais, le coq n'en a pas le temps. Un poulet l'enferme dans la cage à poules et lui fourre un poussin dans le bec pour l'empêcher de sonner l'alarme !

– Petite Poucette, plie ta poussette, dit Chien Pourri. Je connais un moyen de sortir d'ici.

Pendant que Chaplapla conseille aux animaux de se faire tout plats, Chien Pourri les conduit en silence vers la benne à ordure de la ferme.

– Tu ne vas pas nous faire rentrer là-dedans, tout de même ? s'indigne la poule.

– C'est plein de bonnes choses, promet Chien Pourri.

– C'est notre seule chance, reconnaît Chaplapla.

Le plan de Chien Pourri n'est pas si pourri : un fermier en salopette pousse la benne à ordures jusqu'au terrain des Sam-Suffit, puis repart en traînant des bottes.

— Je vais être triste de ne plus voir les Sam-Suffit, dit la Petite Poucette. Ils me réparaient toujours ma poussette.

— Et moi, ils me donnaient leurs cuisses de poulet, dit le Petit Poulet.

Mais l'heure n'est pas aux adieux. Les animaux s'enfuient dans les bois, Chien Pourri en tête. Pour se donner du courage, la Petite Poucette et le Petit Poulet entonnent une chanson de la campagne :

— *Promenons-nous dans les bois pendant que le loup n'y est pas…*

— *Loup, y es-tu ?* fredonne Chien
Pourri.

Une grosse voix répond derrière
un arbre :

— Oui, je suis devant ma télé.

— *Et que fais-tu ?*

— Ben je la regarde, banane !

Car dans la forêt lointaine, on
entend le toutou et derrière un gros
chêne, un homme en peignoir sort
de sa caravane :

– Il n'y a plus moyen d'être tranquille dans cette forêt ! dit-il.

– Vous êtes le loup ? demande Chien Pourri.

– Non, je suis Jean-Loup, le vigile de la *Superfermette* ! Restez où vous êtes, je vais appeler le géant vert ! Il ne va pas être content que ses produits s'échappent.

– Fuyons ! dit Chaplapla.

– Moi, je ne bouge plus, dit une poule mouillée.

– Moi, je suis le troupeau, dit un mouton.

Tétanisés, les animaux attendent l'arrivée du géant, qui descend de son tracteur, encore plus vert que d'habitude :

– La prochaine fois que vous

tentez de vous échapper, je vous
transforme tous en pâtée !

— Pour chien ou pour chat ?
s'inquiète Chien Pourri.

Bêtes à concours

Le week-end à la ferme touche à sa fin, la poule picore du pain dur et le coq sème la terreur dans la basse-cour, le caniche à frange et le basset bouclent leur valise.

— Maman, il y a la frange du cochon d'Inde qui coince ! dit le basset.

— Plie-la en quatre, conseille le caniche à frange.

Mais une annonce du géant vert intrigue les pensionnaires :

– Aujourd'hui, grand concours agricole, les plus belles bêtes de la région défileront sur le podium !

– Oh ! maman, on peut rester ? s'excite le petit basset.

– On n'a qu'à inscrire notre cochon d'Inde, propose le caniche à frange.

– Ah, ces enfants, on ne peut rien leur refuser, cède la maman.

Le géant vert, lui, motive son troupeau :

– *La ferme des Ânes Bâtés* et celle des *Canards Boiteux* se sont inscrites cette année. Alors, pour *La ferme des Poulets Mille-Pattes* : hip, hip, hip, hourra !

— Si on gagne, qu'est-ce qu'on gagne ? demande une poule.

— L'animal de son choix !

« La vache qui rit ? » rêve Chien Pourri.

« Un poulet à quatre pattes », imagine le géant vert.

« Mon cochon d'Inde », soupire la Petite Poucette.

— Le coq, tu représenteras notre ferme ! ordonne le géant vert. Petit Poulet, graisse-lui la patte, je veux qu'il brille !

Dans une grange aménagée pour l'occasion, le concours démarre sur les chapeaux de roues :

— Que le premier candidat monte sur le podium ! encourage le géant vert.

– C'est un simple canard, présente
La ferme des Canards Boiteux, mais dès
qu'il rit, il devient un canari.

– Oh, étonnant ! fait le jury des
fermiers en salopette.

– Candidat suivant ! hurle le
géant vert.

– C'est un simple âne bâté,
indique *La ferme des Ânes Bâtés*, mais,

très économique, il marche à la carotte et au bâton.

– Oh ! astucieux ! commentent les fermiers en salopette.

Le caniche à frange se recoiffe, c'est à son tour de présenter son candidat :

– C'est un simple cochon d'Inde, pointe-t-il, mais grâce à sa roue, il peut faire essoreuse à salade !

– Oh ! remarquable ! admirent les fermiers en salopette.

Pendant ce temps, Chien Pourri s'inquiète : « Je ne vois pas la vache qui rit, elle a dû perdre ses boucles d'oreilles. »

C'est au tour du géant vert de présenter crânement son coq.

– C'est un simple coq, dit-il, mais quand on l'allume, il fait radio-réveil : « Cocorico ! aujourd'hui beaucoup de mouches en basse altitude, passage de pluie, suivi de rares éclaircies dans l'après-midi », annonce-t-il.

– Oh ! formidable ! font les fermiers en salopette, qui se retirent pour délibérer dans l'écurie.

Mais au bout d'une demi-heure, ils ressortent sans avoir réussi à départager les candidats.

— Un vrai concours d'ânes bâtés !
s'indigne l'âne bâté.

Et cochon d'Inde qui s'en dédit !

Les Sam-Suffit qui étaient restés discrets depuis le début de la compé-tition, en mangeant des salsifis sur leurs chaises, décident alors d'inscrire un candidat de dernière minute.

— Vous voulez inscrire un salsifis ? rigole le géant vert.

— Non, le toutou que nous avons gagné au chamboule-toutou.

— Vous êtes tombés sur la tête ?

demande le géant vert. Elle est bien bonne, celle-là !

— On tente le toutou pour le tout ! disent-ils.

Puis, se tournant vers la Petite Poucette, ils jurent solennellement de récupérer son cochon d'Inde.

Sûr de lui, le géant vert propose alors un pari agricole :

— Si vous gagnez avec ce toutou pourri, vous repartirez avec l'animal de votre choix, mais je vous donne aussi ma ferme et même mon champ de maïs ! Par contre, si vous perdez, vous me donnerez votre cabane minable et votre lopin de terre, que j'en fasse mon parking de *Super-fermette* ! Qu'en dites-vous ?

— Tope là, disent les Sam-Suffit.

Encouragé par le géant vert à montrer ses puces, Chien Pourri grimpe sur l'estrade, mais il est sifflé par les animaux.

— Il n'est bon qu'à sortir les poubelles ! affirme le coq.

— Il ne donne pas de lait, prévient une vache.

— Il ne sait pas pondre, clame une poule.

Le géant vert lance un appel au calme et leur demande de laisser « une chance au produit. » Les Sam-Suffit peuvent commencer leur démonstration.

— C'est un simple chien, disent-ils, mais il fait aussi serpillière.

— Ça ne nous suffit pas ! rigolent les fermiers en salopette.

Pauvre Chien Pourri, le public dissipé se met à lui lancer des produits frais : un œuf de poule, une carotte de lapin, un fromage de chèvre, mais aussi des cartons d'emballage.

— Oh, regardez ! crie un fermier en salopette.

Chien Pourri qui a l'habitude des déchets, fabrique, sous les yeux ébahis des spectateurs, une valise en carton pour y ranger ses ordures et gobe l'œuf de la poule.

— J'aurais préféré un œuf à la coque ! lance-t-il au coq.

— C'est un recycle-toutou ! se félicitent les fermiers en salopette.

— Il fait du tri sélectif, reconnaît la poule.

— J'en suis chèvre ! fait une brebis.

— Vous n'allez tout de même pas voter pour cette ordure ! s'enflamme le géant vert.

Le petit cochon d'Inde qui sent sa libération approcher, tourne à cent à l'heure dans sa cage. Les Sam-Suffit, nerveux, mangent des salsifis en attendant la délibération du jury.

— Par toutes les salopettes réunies, moins celle du géant vert, nous déclarons Chien Pourri vainqueur ! proclament les fermiers en salopette. Géant vert, tu as perdu ton pari agricole, tu dois donner ta ferme et ton maïs aux Sam-Suffit !

— Hourra ! fait Chaplapla.

— Et la vache qui rit alors, s'impatiente Chien Pourri, elle se fait une tartine ou quoi ?

L'étable de la loi

Devant trois bottes de paille et quatre bouses de vache, le géant vert,
humilié, admet sa défaite.

— Vous m'avez mis en boîte, dit-
il. Je suis vert.

Et, suivant le protocole, il rappelle
le règlement du concours agricole et
sa promesse aux Sam-Suffit :

— Je vous donne donc ma ferme
et mon maïs, choisissez votre animal
préféré.

Le petit cochon d'Inde, impa-
tient, tend ses pattes dans leur
direction, mais ô surprise, les Sam-
Suffit se détournent de lui.

– On n'en veut pas, disent-ils.

— Les salsifis, ça vous suffit ? rigole le géant vert.

— Ce n'est pas ça, on ne veut pas d'animal de compagnie.

— Mais vous m'aviez promis, dit tristement la Petite Poucette.

— Tu auras ton cochon d'Inde, c'est juste que pour l'instant, on préfère une autre compagnie, disent-ils les larmes aux yeux.

Cette fois, les Sam-Suffit ne se baissent pas pour ramasser des salsifis mais pour parler à la Petite Poucette et au Petit Poulet.

— À force de compter les salsifis, on avait oublié le principal, disent-ils.

— Le maïs ? demande le géant vert.

— Non : les enfants ! Petit Poulet,

Petite Poucette, on ne veut ni de la ferme, ni du champ de maïs du géant vert, on souhaite juste vous adopter : ça nous suffit.

— Vous me laissez ma ferme ?! demande, incrédule, le géant vert.

— Oui, si vous promettez de ne plus mettre les animaux en boîte et de rendre son cochon d'Inde à la Petite Poucette.

— Je le jure !

Dans la basse-cour, la Petite Poucette pousse de joie sa poussette et Petit Poulet se tape sur les cuisses. Le canard rit, le poney hennit et Chien Pourri aperçoit enfin une vache qui rit !

« Je le savais, elle existe ! » se réjouit-il.

Le caniche à frange et le basset à petit manteau échangent une cocotte de dernière minute contre le coq radio-réveil avec les fermiers en salopette.

— Cocorico ! s'étrangle le Ravioli.

Devant les barbelés de *La ferme aux Poulets Mille-Pattes*, Chien Pourri dit au revoir à son idole la vache qui rit.

— Je collerai plein d'autocollants dans ma poubelle, lui promet-il.

La Petite Poucette propose à ses amis un dernier tour de poussette sous les hourras des animaux de la basse-cour, tandis que la poule entonne un chant de départ :

« Ce n'est qu'un au revoir, mes frères, ce n'est qu'un au revoir… »

« Nous nous retrouverons, mes frères… » reprennent en chœur les animaux.

– Oui, dans notre poubelle ! chantent avec joie, Chien Pourri et Chaplapla.

Du même auteur à *l'école des loisirs*

Collection MOUCHE
Rex, ma tortue
Roi comme papa
Les chaussettes de l'archiduchesse
Les aventures de Pinpin l'extraterrestre
Je ne sais pas dessiner
La vie avant moi
L'enfant
La princesse aux petits doigts
Histoire pour endormir ses parents

avec Marc Boutavant

Chien Pourri !
Joyeux Noël, Chien Pourri !
Chien Pourri à la plage
Chien Pourri à l'école
Chien Pourri à Paris
Chien Pourri est amoureux
Joyeux anniversaire, Chien Pourri !
Chien Pourri fait du ski
Chien Pourri et sa bande
Chien Pourri millionnaire

© 2016, l'école des loisirs
11, rue de Sèvres, Paris 6ᵉ
Loi n° 49.956 du 16 juillet 1949 sur les publications
destinées à la jeunesse : avril 2016
Dépôt légal : juin 2019
Imprimé en France par Gibert Clarey Imprimeurs
à Chambray-lès-Tours (37)

ISBN 978-2-211-22365-2